Diario de Tinder
(es posible que me arruines la vida)

Milagros Pilar

DEDICATORIA

A ustedes. A mí.

MARZO 2022
LUNES

Cuando M. me dijo que debería descargarme Tinder de nuevo, me ofendí. No es que no tuviera razón. Estoy seca como una hoja de otoño en el suelo, marrón y avejentada. Me marchito, me quiebro, me hago cenizas. Necesito desear, que me deseen, lo de siempre. Hace cinco años que estoy separada, hace dos meses que no hablo con nadie, hace diez meses que no cojo. Un fueguito en todas mis historias me vendría bien. Subir una foto fumando un porro con cara que sugiera, y que no pase desapercibida. Armonía. No es gran cosa. Un viri viri, lo llamaría. Coqueteo, tensión. Necesito gustar. Vivimos en esta era, la de los likes. Obvio que quiero gustar, que necesito gustar. Quiero que me deseen.

Mido un metro sesenta y algo, un número olvidable. Calzo un número olvidable, cumplo años en días olvidables. Tengo una cara olvidable, una casa olvidable, un trabajo olvidable. Ni un rasgo fuerte. Nada que me haga resaltar en ninguna multitud. Mis pasiones son olvidables. Tengo el pelo feo, las paletas delanteras un poco separadas. Mis defectos son olvidables. Mis palabras son olvidables. A veces escupo sin querer cuando quiero hablar sensualmente. Esa saliva también es olvidable. La gente se va de vacaciones cuando yo quiero salir de joda. La ciudad se vacía ni bien llego, pero esa es una sensación. Soy ansiosa y perdedora. Hay algunas ansiosas que pueden ganar algo. Soy ansiosa y vulgar. A algunas les queda sensual ser destructivas. A mí la destrucción me hace poco erótica. Soy el chivo expiatorio que chupa el fuego y queda negro, carbonizado, con los pelos parados. No soy un estímulo. Nunca me salió ser la de la remera over-size al mediodía, la del maquillaje corrido y los pelos revueltos, esa que la mirás y es la más linda de todas y decís: cómo carajo puede ser. No me importa tanto, sí, soy olvidable. A veces me parece que realmente quiero serlo. A veces me entristece. No soy un monstruo. La mayoría de la gente es olvidable. Estamos hechos en serie, es algo que escapa de nosotros. Y sin embargo somos tan distintos, los matices son prácticamente infinitos. A veces me gustaría ser muy hermosa y ser tonta, no pensar tanto y que las puertas se me abran a fuerza de ser irresistible. Que alguien suspire solamente porque crucé las piernas. En Tinder son todos iguales y también son todos muy singulares, tan específicos como pueden serlo, con tantas particularidades como para hacer de cada perfil un centro de interés, un motivo para reírse, una incógnita, un simulacro del deseo. Pero esta era efímera también me sirve para eso. Mis bajas pretensiones se corresponden a la realidad. Solo quiero cosas simples: una cucharita, un polvo por finde, una palabra que contenga, una palabra que caliente. Que un nombre se me meta entre las piernas y me empape, de prepo, sin preguntarme. Que me hagan cosquillear el cuerpo, un poco. Una revolución breve. Que después me dejen en paz.

JUEVES

Esta semana fue intensa. Tuve tanto para hacer que no paré ni una vez a chequear los matches. No es que haya pensado en eso. No me hago la indiferente, simplemente estoy haciendo lo que se espera de mí, o lo que yo misma espero de mí. Si tuviera tantas ganas, ya estaría pasando algo, no es que sea difícil. No desinstalé la aplicación porque no necesito hacer espacio. Tampoco me desvela, creo que eventualmente va a pasar algo. La tierra me tiembla alrededor. Simbólicamente, claro. En realidad, está todo tan quieto.

Pensé en la moza del bar del finde pasado. Tenía el flequillo de dos colores y unos gestos que te erizaban la piel. No era rubia natural, pero sí castaña muy clara. La otra mitad del flequillo era rubia, platinada. Podría tener pecas, pero creo que no tenía. Era un poco narigona. No tenía nombre, o no lo supe. Me daba vergüenza pedirle algo más que cerveza, y sin embargo tenía tanta sed. Me hice una paja mientras pensaba en todo eso.

Me siguió G. en Instagram. No lo conozco personalmente, pero tengo algunas referencias. Es amigo de los amigos de mi ex, pero nunca fueron amigos entre ellos. No es que importe, a esta altura. No sé si le gustaré. Está bastante bueno. No es que solo nos sigamos entre personas que quieren culear, tampoco. No digo eso. Pero yo sí. Yo quiero.

VIERNES

(las cosas que aclaro acá, en un diario, como si me fuera a juzgar a mí misma por ¿qué? ¿Por tener ganas de coger? ¿Por hacerme preguntas boludas? ¿Por tener prejuicios? Ni en la intimidad nos dejan de perseguir algunos fantasmas insoportables. Todos tienen, un poco, filtrada, la voz de mi madre. Llega como un eco culposo. Es la voz de una conciencia heredada, no elegida. Mi psicoanalista se haría un festín con todo esto. Sin embargo, llega el día de las sesiones, y con la misma cara de póker hablo de otras tragedias, todas tan válidas como esta sed.)

SÁBADO

Si esta vida fuera ajena: jajajajajajajajajajajajajajaja. Perdón, eh. Jajajajajajajajajajajajajajaja.

No puede ser.

LUNES

Lo vi a G. Culo veo, culo quiero. En el fondo sí, soy esa pendeja de mierda que niego ser todo el tiempo. Le tengo miedo a mi propia identidad, a este modo de ser, caprichito, a este no madurar. Soy básica. Mi papá, mi abuela, mis tías y todos los que creen que soy un poco tarada tienen razón. Me creo compleja, pero soy básica como cualquier otra, es un poco triste si me dedico a pensarlo. Estoy haciéndome la boluda con todo esto, no quiero mirarme al espejo y tener que ver esta cara. No quiero saber quién soy o no quiero decirlo, porque en realidad sé.

Lo vi a G. porque sí, porque me siguió en Instagram, porque me di cuenta de que quería culear con él en cuanto me siguió. Antes nunca se me había cruzado por la cabeza. No es que me gustara G., es que estaba disponible. No sé si es solo eso, tiene que ver con el hecho de sentir que alguien me observa. Algunas personas se me vuelven deseables simplemente por desearme primero. Es como si fuera una forma rebuscada de ser agradecida. Me viste, no seguiste de lado, te chupo la pija y me enamoro de onda. Yo avisé, yo avisé. Descargué Tinder por mero impulso de superviviente. Soy una héroa, escuchame. Descargué Tinder para ponerla y la puse. Mi casa huele a sexo. Felicitaciones, bebé.

Vino él. Primero, el viernes, lo seguí yo también. Tempranito a la mañana. Le hablé para ver cómo andaba, para tantearlo. No así, pero sí: ¿por qué me seguís, vos? Me puse picante, a ver cómo está eso. Hablamos un poco y al rato subió una foto con una pendeja. Linda la pendeja, poniendo la boca como un piquito, guiñando un ojo. Me hirvió la sangre, me enojé, casi dejo de seguirlo. Ni siquiera lo conocía, pero en realidad no tenía que ver con eso. Estaba aburrida. Me chupaba un huevo, obvio. Me dolía el ego porque, no sé, algunas cosas son demasiado irracionales, y una lo sabe, como para hacerlas funcionar después, ya digeridas.

Pero resultó ser la hermanita. Me reí tanto, qué tarada. Me salvé de hacer el ridículo por mera casualidad. Estaba a punto de mandarlo a la mierda. Yo había subido una foto con un poco de escote, estaba tratando de pescarlo y lo pesqué. Cómo estás, jaja, palito va, palito viene y yo ahí, a punto de decirle escuchame, pajero, por qué me hablás si no sé qué. Yo pensaba que tenía novia, obvio. Justo el círculo casi rojo ahí, sobre su foto de perfil. Menos mal que lo abrí, había dos o tres stories nuevas. Me salvó la misma red que me podría haber hundido. Pero quizá hundirse no habría sido tan malo. Quizá hundirse era una forma de, no sé, de evitar algunas cosas que una prefiere evitarse. Y sí lo vi y si culeamos, más o menos bien, pero no hubo cucharita. A las tres de la mañana, bostecé y me pidió un Uber. No lo puedo creer: voy a abrir las notificaciones de Tinder.

MIÉRCOLES

Tampoco eran gran cosa las notificaciones, pero la verdad es que yo estaba mal cogida.

Si estar cero cogida era malo, esto era directamente el infierno. Lo que no se ve no duele, aplica también a esto. Tener mal sexo es una tragedia, y no tiene que ver con cumplir ciertos estándares, a veces funciona o a veces no. La piel quiere lo que la piel quiere, el corazón no importa tanto.

Mis fotos de Tinder están bastante bien. Tengo la sensación de que la aplicación no me puso entre las lindas. Hay un algoritmo que define las chances que tenés, el tipo de hombre al que le podés gustar. Es como anotarse en sexy o no, pero con resultados anónimos. *70 porciento de posibilidades de ponerla en el lapso del próximo mes, que aumentan a un 80 porciento por el módico precio de catorce dólares.* Nunca entré en esa, sin embargo. Me parecía demasiado.

Los que me aparecen son uno más feo que el otro. No quiero coger con un feo, estoy para más que para eso. Necesito que me suban el ego, pero también es otra cosa, una especie de autovaloración que me pone en un lugar específico. Como si fuera: a partir de acá, y nada menos que esto. *Vos sí, pasá, vos no, pibe, la casita se reserva el derecho de admisión.* Soy capaz de denunciar a la aplicación por mala praxis. *Joven le gana un juicio a Tinder. Alega que no pudo coger en los plazos prometidos.* Ya sé que no hay plazos prometidos. Pero tengo varios agujeros: le puedo gustar a todos.

Estoy ovulando, me parece, porque me siento en la cima de lo irresistible. También tiene que ver con otras cosas, lo reconozco.

Hoy al mediodía matcheé con R. Unos ojazos bárbaros. Un cuerpito, no sé. Te hace sentir hermosa que te permita habitar en su mundo un tipo así. A veces es demasiado fácil habilitar esos espacios. Las fotos, al menos, hacían pensar que R. era simplemente un escándalo. En las fotos es un diez. Yo calculo que al lado suyo soy un cinco, un seis raspando. ¿Por qué matchearía conmigo? Me obsesiona no estar a la altura de mis tejes, y también me desespera sentirme siempre por encima de algún modo. Con mis paletas abiertas y mi cara olvidable y todo. Una inteligencia que no sé, que me chuparía el cerebro. ¿Estaré enamorándome de mí misma? Sería una tragedia: no tengo ni media posibilidad.

Estoy segura de que me sobrevaloro. No sé si pueda ni si quiera evitarlo. De momento, aunque sea.

R. me habló a la noche. Yo estaba cocinando un wok de verduras de estación a la crema, con portobellos y un poco de vino blanco. Tenía puesto un baño de crema en la cabeza, con una remera vieja haciendo de toalla. Cada día me cuido más, me cuido mejor, y en nada se parece este cariño que me tengo a una fórmula. Me gusta ser una soltera que vive sola, que come bien, que toma vinos más o menos caros, que viaja a provincias hermosas, se deja hacer masajes y se pone mascarillas que le dejan la piel hermosa. Es una tragedia sentir que tenés que estar buena y que tenés que ser sana y que tenés que ser feliz al mismo tiempo. Yo elegí la última, no sé, hay algunas cosas que son demasiado maravillosas para, además, ser sensuales y no dejar huella en la sangre. Que se pudra. Que se salve quien lo merezca. Mi vida no está destinada a ser aesthetic, a ser vendible. Sin embargo quiero un canje: que me manden salamines y quesos a casa. Un chongo fijo que no haga preguntas, que responda sin ambigüedades. Vivir bien, con comodidades, sin demasiadas obligaciones. Rutina anti-age: no preocuparme.

SÁBADO

Soy bastante increíble, me digo, me desdigo, me río de mi ego enorme, pienso que soy insegura justamente por no estar a la altura de ese autoconcepto que tengo de mí. Si me tiro de mí misma, me rompo la cabeza contra el piso. Nadie me espera abajo. Nadie está dispuesto a correr ese riesgo por mí.

Y está bien. ¿Qué voy a andar esperando? ¿Que se inmolen por una causa perdida antes de ser?

DOMINGO

V A R I A S / C O S A S:
De mí para mí.

UNO. No te enrosques. Esto es así, no es tu culpa, no es contra vos. Son las reglas del juego. Del juego de otro. Si querés escribirle, escribile. Si querés callar, callate. No te pongas a medir interacción por interacción. Está condenada al fracaso esa dinámica. Si te rechaza va a haber otros y otras y sino siempre tendrás esas manos maravillosas que Dios puso al final de tus brazos. La vida es demasiado corta como para andar fingiendo desinterés.

DOS. Qué lindas que son las mujeres. ¿Qué hacés, tarada?

TRES. Un tip: cambiar el praliné por cereales garantiza un resultado inigualable. Hacer bonobones caseros es un viaje de ida y está bien.

CUATRO. No es culpa de G. Tampoco de R. Tampoco tuya.

CINCO. No te obligues a escribir los domingos. No te obligues a salir los domingos de sol. No dejes de escribir los días de semana. La vida es un poco más aleatoria que eso.

SEIS. Huí de los imperativos. Incluso de estos, que son tuyos.

LUNES

- Comprar comida para la gata
- SE ESTÁN TERMINANDO LAS BOTELLITAS DE AGUA
- Pagar luz, gas, agua, internet
- No pagar celular
- Sacar la ropa del tender
- Hacer lista de compras NO OLVIDAR CHOCOLATE
- Actualizar planilla de gastos
- Buscar profesora de pilates
- ~~Invitar a C.~~
- Comprar porro

MARTES

A mí sí me gustan los lunes. Los que no me gustan son los martes y los miércoles.

JUEVES

Matcheé con uno que dice que tiene treinta y siete. Parece de quince y lo vi ayer a la noche. Coge como un ser inmortal. Sin apuro y sin parar. Es como si pudiera doblar el tiempo. Hace que todo parezca un poquito un chiste. Está buenísimo, la puta madre. Qué tragedia. Me va a arruinar la vida. Lo llamaremos D.

ABRIL 2022
JUEVES

Hoy volví a ver a D. Hace rato que no escribía. No pasaba mucho. La apatía a veces llega sin previo aviso aparente, se va como vino, deja un sánguche de silencio.

Lo vi una vez antes a D., me dejó de hablar antes de que haya terminado de hacerme la peli. Me había imaginado de todo: el vínculo a largo plazo, las peleas, la separación, las cicatrices. Construí en mi cabeza a su familia ficticia, la familia que me preseentaría al tercer o cuarto mes de amarnos. Yo sería la tía de los hijos de su hermano imaginario, que tuvo con mi concuñada imaginada, una muñeca vestida de novia modelo. No exagero con todo esto, que en serio penseé n poco tiempo. Digo, antes de haber terminado el primer polvo, yo ya había dado forma a estas fantasias que, permítanme decirlo, en mi cabeza fueron siempre alucinantes.

Hay tipos que una los ve y sabe: nacieron para ser una cicatriz. El día que matcheamos tuvimos una buena conversación, el día que nos vimos tuvimos varios buenos polvos. Comimos bien, fue todo bastante prolijo, estético, cuidado, no sé, estimulante. Después, me dejó de hablar, y yo le hablé dos o tres veces, con el pretexto de no dejarme llevar por esta forma de vincularse tan calculadora, pero en algún punto tuve que poner mi dignidad sobre la mesa. El tipo no estaba interesado.

Yo soñé con él no una, varias noches. Me desperté agitada más de una vez. De esas veces, me pajeé dos y seguí durmiendo solamente una de esas. La otra, lo busqué en redes y le escribí y borré un par de mensajes en varios tonos, todos pasados de intensos. No mandé ninguno.

Hoy, temprano, me habla como si nada. Qué se piensa, me digo yo. Me indigno. No con él. Conmigo. Tardo diez minutos en responder, autoconvenciéndome de que debería hacerme desear. Eso es todo lo que aguanto: seicientos segundos de hacerme la difícil. Me muerdo los labios como la parodia de una escena erotica protagonizada por una cuarentona que hace de colegiala. Tengo un moño en la cabeza. Carteles de neon anuncian: *se entrega gratis. Si la apuran, paga para que la posean.* Me da vergüenza, pero también me dan ganas de tirarme de clavado. Abandonarme un poco. Dejarme llevar por otro, soltar las riendas. Que te arruinen la vida también es delegar la responsabilidad. Depositar el caos en otro cuerpo. Descansar. Hacer que Dios tenga nombre, apellido, manos firmes.

A las pocas horas, estoy en cuatro, en su cuarto, gimo, me entra y me sale, me toma y me deja, le pido más, me lo da todo.

MARTES

Estoy a punto de destinstalar Tinder, pero no sé por qué.

MIÉRCOLES

Soñé con D. Él venía a casa sin avisar, tenía una llave que sacaba del bolsillo superior de un traje. En el mismo bolsillo, una rosa roja. Era la pantomima de un galán. Yo lo veía y sabia que estaba actuando, le seguía el juego. Lo esperaba en el centro de mi habitación, vestida con una bata y nada de bajo. Ni siquiera ropa interior. Él me abría la bata, me miraba de arriba a abajo con total impunidad, como si supiera que me poseía por completo, que me resultaría imposible evitar doblegarme a su voluntad.

Yo entrecerraba las piernas por impulso.

—Abrilas —me decía él.

Y yo las abría todo lo que podia, él sonreía y se agarraba la pija, me decía:

—Muy bien.

MAYO 2022
DOMINGO

Me dice D. que qué onda. Ahora que nos vemos todas las semanas, no sé qué quiero. Ya estamos en otoño. Es el mejor momento para fingir que me interesa hacer vida común, para ponerme de novia y tener una excusa y un planazo para las noches eternas del invierno. No es que no me guste D. De hecho, creo que podría estar queriéndolo. No puedo decir: lo quiero. Necesito decir que *lo estoy queriendo*, usar un tiempo que fluya. Me fascina el otoño. Decirle que no a mis amigas y no arrepentirme cuando vea sus historias estaría muy bien. Tengo la oportunidad de no ser como la hoja en el piso, marron y avejentada, marchita. Puedo ser la hoja en blanco que se llena de pura fricción. No escribirle a ningún pelotudo pasadas las 12 también es una forma de dignidad, pero a veces se necesita un motivo más o menos sólido. Una promesa a la que aferrarse. Saber que podés contar con coger, tomar helado, hacer comida y que no sobre, mirar todo de todas las plataformas y llorar cada tanto, revolear un par de cosas.

D. es increíble, me gusta, pero creo que no estoy a la altura de ser la chica que presente a sus padres, y todo eso.

Soy imperfecta, un poco fácil. Igual es pronto.

Nos vemos cada día más, eso sí. Estamos como atados. O sedientos, quizá. Cuando no viene, no me importa. ¿Es un problema? No me inquieta que esté con otras. Yo también estaría con otras. No siento celos. No es que quiera una relación de sentir celos, no me gustaría. Me refiero a que no sé, no creo que sienta miedo de perderlo.

No sé si lo tengo, o si quiero tenerlo.

Creo que le voy a decir de formalizar.

ACERCA DEL AUTOR

Milagros Pilar es un seudónimo. La identidad de esta autora no será
develada, a menos que